이 연애에 이름을 붙인다면

시요일 엮음

이 연애에 이름을 붙인다면

m창비
Media Changbi

기획의 말

사랑에서 출발해 사랑에 이르기 위해

세상에서 가장 품이 큰 단어는 무엇일까 궁리해본 적이 있습니다. 단어의 크기를 재는 저울이 있다면 어떤 단어를 올렸을 때 저울의 눈금자가 최대치를 향해 갈까, 그런 상상이요. 우주나 심해, 기억 같은 단어가 차례로 떠올랐지만 역시나 이 단어 앞에선 어림없다는 생각이 들었습니다. 사랑. 네, 제가 생각하는 세상에서 가장 품이 큰 단어는 사랑입니다.

사랑의 품은 얼마나 될까요? 학창 시절 벤다이어그램 그려가며 익힌 집합 개념을 떠올려봅니다. 사랑이 전체집합(U)이라면, 그 내부에는 합집합으로서의 우주도 심해도 있을 겁니다. 또 그 내부에는 환상과 설렘, 열정과 냉정, 권태로움, 증오와 용서 같은 사랑의 원소들이 교집합과 차집합을 이루며 존재하고 있겠지요. 모든 사랑에는 그에 걸맞은 고유한 벤다이어그램이 그려질 수 있을 테고요.

만일 당신에게 지금껏 경험해온 사랑의 벤다이어그램을 그려보라는 요청이 주어진다면, 그리고 그렇게 그려진 도형이 당신 사랑의 모양이라면, 그것에 어떤 이름을 붙일 수 있을까요? 그 과정은 우리에게 어떤 의미일까요?

질문에 답해보고자 한 권의 책을 엮습니다. 수록된 시의 문을 하나씩 열며 지나온 연애를 톺아보고, 나아가 당신이 추구하는 관계의 속성과 사랑의 최종 목적지를 점검해보기 바라는 마음에서요. 호수에 날아든 돌 하나에 물결이 동심원을 그리며 퍼져나가듯 처음에는 한 면, 한 방향이었던 사랑이 다면체가 되어갈 때, 막막하기만 했던 삶의 의미와 방향도 조금은 선명해지지 않을까요?

사랑이라는 단어를 모르는 사람은 없지만 사랑이라는 단어를 다 아는 사람도 없습니다. 그러니 사랑 앞에선 번번이 세상을 처음 배우는 어린아이가 될 밖에요. 때로는 최선을 다해 모르려는 힘으로, 때로는 최선을 다해 알려는 힘으로 이 시들을 만나주세요. 그 시절 그 햇빛으로 나를 데려가는 시, 너무 내 것이어서 아픈 시, 캄캄한 골방에서 나와 스스로의 영토를 넓혀가는 시…… 이 모든 사랑의 일대기를 지나 책의 마지막 장에 다다랐을 때 비로소 마주하게 될 겁니다. "사랑에 빠진 자전거 타고 너에게 가기" 시작했던 첫 장에서는 알지 못했던, 광막한 사랑의 바다를. 그곳에서 보석처럼 주워 올린 당신만의 "파란 돌"을.

좋은 책이 언제나 그러하듯, 이 책을 읽기 전과 후의 당신이 조금은 달라져 있기를 바랍니다. 사랑에서 출발해 사랑에 이르기 위한 여정을 시작해보세요. 일렁임과 반짝임을 당신 앞에 펼칩니다.

시요일 기획위원 안희연

기획의 말

날씨는 좋고 사랑은 이상하니까요

편지를 보냅니다. 이 책을 보실 테죠, 당신.

요즘은 자주 어려운 마음이었습니다. 당신이 깨어 분주하게 살아갈 이 세상의 어느 한낮을 생각하면 거기에 저도 조그맣게나마 꼭 있고 싶어서 곧잘 조바심이 났습니다. 거리를 저만치 앞서 걸어가는 누군가, 신호를 받고 정지해 있는 택시 뒷좌석 안의 어렴풋한 눈빛, 지하철 스크린도어에 비치는 저기 저 사람. 혹시. 그러다 하루를 캄캄하게 덮는 밤의 어둠 속에서는 그것이 온통 두꺼운 껍질 같아서 괜스레 이불을 걷어차며 잠들지 못했습니다. 당신이 있는 세상은 그곳을 중심으로 불빛이 아직 밝은데, 나는 지금 기어코 세상에서 가장 어두운 부분이 되어버린 건 아닐까. 혼자가 되어버린 건 아닐까. 그렇게 서툰 잠을 반복하며 일상의 초점이 흩어지다가도 어느 날 멀리서 다가오는 당신의 기척을 느끼면 카메라

렌즈가 피사체를 찾아 또렷해지듯이 제 세상은 균형을 잡고 모든 게 선명해졌습니다. 그런 일. 이토록 어렵고 기쁘다고, 그런 말을 전하고 싶었는데요.

하고 싶은 말을 꾹 참고 물에 담그면 가라앉는 말과 떠오르는 말이 있습니다. 가라앉는 건 가라앉은 대로, 떠오르는 건 떠오르는 대로. 그 물에 두 손 담가 천천히 퍼내고 뭉치고 빚어서 잘 말리고 나면, 그렇게 말들이 시가 되기도 합니다. 그 말들을 바싹 말리느라 놓아두었던 자리에 남은 물기가 종종 눈물 자국처럼 여겨지는 것은 이 때문이지요. 좋은 것을 주고 싶은 마음이야 당신과 나, 우리가 우리라서 서로에게 기꺼이 나눌 수 있는 일이겠지만, 어떤 마음이 좋은 마음이고 좋은 마음이 어떻게 하면 줄 수 있는 마음이 되는지 몰라서 오래도록 머뭇거렸습니다. 이 망설임이 오로지 저만의 것일까 두려워합니다. 그렇게 말을 자주 참으면 마음이 시가 되기도 합니다. 시가 마음이 되기도 합니다.

그러니 이 책에, 이 마음에, 이 사랑에 문이 달려 있다고 생각해주세요. 그러면 저는 당신에게 이 문을 열지 말라는 표지판을 하나 세우겠습니다. 여기서 튀어나올 것은 대체로 어지럽거나 위험할 수도 있고, 달콤하겠으나 결국 달콤했다는 잔향만이 코끝에 남을 테니까요. 나중에는 쓸쓸하게 될지도 모르니까요. 그토록 단단했으나 끊임없이 흩날리는 우리니까요. 그런데도 열겠다면, 저런. 당신, 이미 열었으니 이제는 들어서는 수밖에.

같이 갈게요. 허락하신다면요. 어쩐지 오늘은 날씨가 좋고, 사랑은 이상하니까요.

제 손이 늘 여기 있을게요.

_____________을(를) 대신하여,

시요일 기획위원 최현우

차례

3부. 우리가 한 몸이었던 때를 기억해

1부

사랑을
시작하는

얼굴

사랑에 빠진 자전거 타고 너에게 가기

김선우

자전거 바퀴 돈다 바퀴 돌고 돌며

숨결 되고 있다 풀 되고 있다 너의 배꼽에서 흐르는 FM 되고 있다 실개천 되고 있다 버들구름 되고 있다 막 태어난 햇살 업고 자장가 불러주는 바람 되고 있다 초록빛 콩꼬투리 조약돌 되고 있다 바퀴 돌고 돌며

너에게 가는 길이다

무엇이 될지는 알 수 없지만 모두 무언가 되고 있는 중인 아침

부스러기 시간에서도 향기로운 밀전병 냄새가 난다 밀싹 냄새 함께 난다 기운차게 자전거 바퀴 돌린다 사랑이 아니면 이런 순간 없으리 안녕 지금 이 순간 너 잘 존재하길 바래 그다음 순간의 너도 잘 존재하길 바래

자전거 바퀴 돌리는 달리아꽃 빨강 꽃잎 흔들며 인사한다 다음 생에 코끼리 될 꿀벌 자기 몸속에서 말랑한 귀 두짝 꺼낸다 방아깨비들의 캐스터네츠 샐비어 꿀에 취한 나비의 탭댄스 사랑에 빠진 자전거 되기 전 걸어온 적 있는 오솔길 따라 숲의 모음들 홀씨처럼 부푼다 아, 에, 이, 오, 우, 아, 아,

만약에 말이지 이 사랑 깨져 부스러기 하나 남지 않는다 해도 안녕 사랑에 빠진 자전거 타고 너에게 달려간 이 길을 기억할게

사랑에 빠져서 정말 좋았던 건 세상 모든 순간들이 무언가 되고 있는 중이었다는 것

행복한 생성의 기억을 가진 우리의 어린 화음들아 안녕

종소리 안에 네가 서 있다

장옥관

조약돌 주워 호수에

퐁!

던졌더니
동그랗게 무늬가 생긴다

동그라미 안에 동그라미
끝도 없이 생긴다

종소리 같다

물무늬처럼 번지는 종소리
종소리처럼 번지는 내 마음

종소리 안에 온종일
네가 서 있다

당신의 눈에 지구가 반짝일 때

박형준

당신의 눈에
지구가 반짝일 때
당신을 들여다보면
거기 내가 있고

거울에 눈을 대고
거울을 들여다보면
동공이 열려
속눈썹이 나무처럼
무성해지고

거울 속에서
내 눈을 바라보면
거기 글썽거리는
빛들 속에
당신이 서 있고

별의 문장

이대흠

서늘하고 구름 없는 밤입니다 별을 보다가 문득 하늘에 돋은 별들이 점자라는 생각이 들었습니다 오래전부터 너무 많은 이들이 더듬어 저리 반짝이는 것이겠지요

사랑에 눈먼 나는 한참 동안 별자리를 더텄습니다 나는 두려움을 읽었는데 당신은 무엇을 보았는지요

은행나무 잎새 사이로 별들은 또 자리를 바꿉니다

돌과 포도나무

문태준

옆에서 포도나무 넝쿨이 뻗고 있다

돌 위로 포도나무 넝쿨 그림자가 내리고 있다

내리는 공간이 보슬비 내리는 때처럼 가볍다

나는 너에게서 온 여름 편지를 읽는다

포도나무 잎사귀처럼 크고 푸른 귀를 달고 눕고 싶다

이런 얇고 움직이는 그림자라면 얻어 좋으리

오후에는 돌 위가 좀더 길게 젖었다

포도나무 잎사귀처럼 너는 내 속에서 자란다

밀크 캬라멜

하재연

나랑 그 애랑
어둠처럼
햇빛이 쏟아지는 스탠드에
걸터앉아서

맨다리가 간지러웠다
달콤한 게 좋은데 왜 금방 녹아 없어질까
이어달리기는 아슬아슬하지
누군가는 반드시 넘어지기 마련이야

혀는 뜨겁고
입 밖으로 꺼내기가 어려운 것
부스럭거리는 마음의 귀퉁이가
배어 들어가는 땀으로 젖을 때

손바닥이 사라지기를 기도하면서
여름처럼
기울어지는 어깨를
그 애랑 맞대고서
맞대고 나서도
기울어지면서

무의미해, 프라이드

박상수

쉬는 시간이 지나고야 알았지
저 뒤통수
내가 아는 애라는 걸

영혼 따위, 사물함에 넣고 다니던 애, 모의고사 마킹하다 악쓰고 나가서는, 영영 안 돌아온 애, 너 같은 인지 부조화 캐릭터는 처음이었는데, 니가 왜 여기 앉아 있어?

가방을 챙겼지 그래, 지금이라도 나가는 거다, 홈피만 뒤져도 다 나오는 말을 여기서 왜 또 듣고 있어, 잘됐어 기회야, 이건 도망가는 게 아니야 책임지는 거지 내 실패가 더 커지기 전에 내가 날 책임지는 거다

네가 돌아보지만 않는다면,
그러면 내가 이기는 건데

강사가 뭘 좀 나눠주라 말하고, 몇 줄 앞 네가 돌아봤지 정통으로 눈빛이 섞여버렸다 절대 모른 척 나왔지만, 살인 가스인가, 스르륵 네가 따라나와 불렀어 돌아보지 말고 그냥 가! 하지만! 귀가 이렇게 멀쩡한걸! 내 등이 움찔, 리액션을 해버렸는걸! 이것이 어른의 세계인가? 우린 잘했지 다시 만난 동창 코스프레를 잘도 해냈어

훗, 이런 거 듣고 취업이 될 리가

너무 졸려서 앞이 안 보여 엉엉

그래서 나도 집에 가려는 중

말도 안 돼, 눈곱 존에 눈물이 가득 고일 뻔했다 너도 가려고? 그 말도 못하고 같이 나왔어, 아, 무너지지 마, 기도하면서 릴렉스하자

뭐 타고 가니?

지하철

마침 난 근처에

눈이랑 코, 입이랑, 온통 실신 직전, 멍한 그애를 남겨두고 앞만 보고 걸었지 참가비만 잔뜩 내고 원두커피 한 잔 먹고 나왔구나, 이런 생각 자체가 오늘 나의 패배

그래도 오랜만의 스릴, 좋아, 몸도 꽤 따뜻해졌잖아

길거리를 떠돌다가 버스 정류장으로 향했어 오늘 같은 날, 3D 리얼 예쁨이 필요한 날, 핏이 좋은, 잘생김이 좀 많이 필요한 날, 나도 모르게 정류장에 선 사람들을 스캐닝했다

완전 모자라지는 않지만 그렇다고 모자람에서 도망칠 수도 없는 건가

네가 거기 있었지, 지하철 타고 집에 간 줄 알았는데, 힐을 신고서, 왜 네가 거기 서 있어……

무인 등대랄까, 날 보고, 네 눈동자가 커졌다가 사그라들었지 피식, 누가 당기는 거니, 네 한쪽 입꼬리, 놀랍게 올라가 있었다 뒤돌아 가기엔 늦은 거겠지 그렇다면 차라리 너의 치마폭에 성난 서양 자두처럼 안겨줄 테다!! 너를 향해 걸었어 고개를 높이 쳐들고서

네 기억에
영원히
모자란 애로 남긴 싫었어.

여름

최
지
은

그애와 걸었다

마을에 어울리는 작은 하천
물이 불어 유속이 빨라진 물가

방과 후에는
노란 귤을 빠뜨린 듯
금빛 석양이 따라다녔다

나는

그애의 이마
그애의 콧날
그애의 안경
그애의 한쪽 뺨을

조금씩 나누어 보았다

햇빛이 삼킨 얼굴
아주 나중에
상상은 해보았다

입안에 물고 있던 사탕 때문에 한번씩 대화가 멈추고
사탕을 녹이듯 어떤 말은 오래 생각했다

저기 좀 봐,

그애가 말할 때
나는 그애를 살짝 보고

깨진 사탕 때문에
혀끝에선 녹이 슨 책상 냄새가 나는 것 같았다

이게 다 뭘까, 귤빛 석양을 따라 걸으며

그 여름

찬물에 자주 체하고
달려가는 낮잠
폭우처럼 한꺼번에 끝나는 시간표
끝날 듯 다시 이어지던 불꽃놀이

종례는 빼먹었다

어린 우리가

유
이
우

지도를 탈출했었지

강을 툭툭 치면 깊이가 울려 퍼지지

그렇게 파란색 생각이 나

물결은 언젠가 만나고 부딪치겠지만

멀어져갈수록
파란 생각 할 테지만

새벽이 잘 있나 보다가도
첨벙첨벙 낮을 걸어가지

풀이 더 넘치게
바람은 바람을 키우고

불어온다
철봉이 하늘을 외칠 때

우리를 멈추고
구름을 생각해

아침을 찢고

새가 열리는 음악을 생각해

노래를 들을 때 우리는 한명인 것 같다

얼굴

이영광

너는 내 표정을 읽고
나는 네 얼굴을 본다

너는 쾌활하고 행복하게 마시고 떠든다
그래서
나도 쾌활하고 행복하게 마시고 떠든다

그러다 너는 취해 운다
그래서 나는 취하지 않고 운다

눈물을 닦으며 너는 너를 사랑한다
눈물을 닦으며,
나는 네 사랑을 사랑한다

너는 나를 두고 집으로 갈 것이다
나는 너를 두고, 오래 밤길을 잃을 것이다

네 얼굴엔 무수한 표정들이 돛처럼 피어나고
내 얼굴은 무수한 표정들에 닻처럼 잠겨 있다

매화, 풀리다

이은규

겨울의 뒷모습과 매듭을 잊은 시간으로부터

나는 오늘 상춘객, 꽃 보는 일 외에는 아무것도 하지 않겠습니다 아직 차가운 손끝 혼자의 나들이 물어물어 찾아간 청매 홍매야 내 마음이 들리니 목소리가 들리니 봄의 입김으로 풀리는 살갗이 환하게 아프겠다, 아프지 않겠다

누군가 날 생각하면 신발끈이 풀린다는 말

눈뜨면 아프기도
눈감으면 아프지 않기도 하니까
매일매일 멀리서 가까이서
오래 꿈꾸던 문장을 우리 이제 매듭짓기로 하자
청실홍실의 상상력, 몹쓸

한 발 한 발
저 매화를 다 걸어야 하는데
오늘따라 신발끈이 자주 풀리는 이유
누군가의 생각을 짐작하겠다, 짐작하지 못하겠다

먼 곳에 닿을 꽃과 안부

언젠가 대신 신발끈을 매주며 함께 있는데도 풀릴 만큼 좋아, 묻고 답하던 날 마지막 꽃에 귀기울이면 그날의 목소리 돌아올 거라 믿습니다 모든 나무에게 꽃이 그렇듯 함부로 피는 사랑이란 없다 잘못 매듭지어진 시간이 있을 뿐

단단한 다짐이 필요해
기억이 저무는 사이 서성이는 상춘객
주머니 속 숨겨놓은 꽃향기
한 사람에게 닿을 텐데, 닿을 것만 같은데

복숭아가 있는 정물

신미나

그대라는 자연 앞에서
내 사랑은 단순해요

금강에서 비원까지
차례로 수국이 켜지던 날도

홍수를 타고
불이 떠내려가던 여름
신 없는 신앙을 모시듯이

내 사랑에는 파국이 없으니
당신은 나의 높이를 가지세요

과육을 파먹다
그 속에서 죽은 애벌레처럼
순진한 포만으로

돌이킬 수 없으니
계속 사랑일 수밖에요

죽어가며 슬어놓은 알

끝으로부터 시작이

말려들어갑니다

고백을 하고 만다린 주스

이제니

고백을 하고 만다린 주스
달콤 달콤 부풀어오른다
달콤 달콤 차고 넘친다

액체에게 마음이 있다면 무슨 말을 할까
당신은 당신을 닮은 액체를 가지고 있나요
당신은 당신을 닮은 액체에게 무슨 말을 하나요

고백을 하고 돌아서서 만다린 주스
고백을 들은 너는 허리를 숙여 구두끈을 고쳐맨다
고백과 함께 작별이 시작되는 경우는 얼마나 될까요

액화되었습니다
액화되었습니다

나는 만다린 주스를 응원하고
만다린 주스는 나를 응원하지만

만다린 주스는 울적하게 달콤 달콤
울적 울적하게 줄어들며 달콤 달콤

가만히 오른손을 가슴에 얹고

어제의 고백으로부터 달아나고 싶은 심정

우리에겐 식탁과 의자와 바닥과 불안과
어제보다 조금 더 묽거나 조금 덜 묽은 액체가 있었다

고백을 하고 만다린 주스
달콤 달콤 다시 부풀어오른다
달콤 달콤 다시 차고 넘칠 때까지

마음에 없는 말을 찾으려고 허리까지 다녀왔다

이원하

하늘에 다녀왔는데
하늘은 하늘에서도 하늘이었어요

마음속에 손을 넣었는데
아무 말도 잡히지 않았어요

먼지도 없었어요

마음이 두 개이고
그것이 짝짝이라면 좋겠어요
그중 덜 상한 마음을 고르게요

덜 상한 걸 고르면
덜 속상할 테니깐요

잠깐 어디 좀 다녀올게요,

가로등 불빛 좀 밟다가 왔어요

불빛 아래서
마음에 없는 말을 찾으려고 허리까지 뒤졌는데
단어는 없고 문장은 없고

남에게 보여줄 수 없는 삶만 있었어요

한 삼 개월
실눈만 뜨고 살 테니

보여주지 못하는
이것
그가 채갔으면 좋겠어요

25

한정원

- 열차가 끽, 서는 소리.

- 소녀의 목소리가 들린다.

가장 아름다운 꿈은,

그 애와 함께 있는 꿈이에요.

사랑만 남은 사랑 시

정재율

읽다가 책을 덮었다
사랑이 모자라서

눈들이 깨끗해지기 위해
창문이 존재한다는 사실을 알았다

더 많은 사랑을 위해
창문을 그렸다

컵을 던져도
깨지지 않는

책장에 쌓이는 먼지처럼
손으로 쓸어도 날아가지 않는

풍경들을 뒤로 한 채

겨울이 되면 재가 흩날리는
책상 앞에 앉아 있었다

창문에는 죽은 생명체들이
입김처럼 불어나고

덕지덕지 얼룩들이 생겼다

컵을 던지면
분명 손잡이가 깨졌는데

멜로 영화에 나오는 사람들은
사랑에 실패해도
다시 새 삶을 살 수 있었다

더 청렴해진 마음으로
빗방울을 그렸다

붓과 물감으로
더 자세하게 그렸다

사랑이 어렵다고 생각하는 사람과
사랑을 하고 싶어서

열심히 창문을 닦다가

"사랑하는 사람에게"만 써진 편지를 발견했다

턱을 너무 오래 괴어
팔꿈치가 아파 왔다

새 구절을 발견할 때까지

사랑에 관한 편지를
소리 내어 읽어 보았다

내 곁의 먼 곳

전동균

잎 진 큰 나무 아래서 비를 맞는 건
즐거운 일

툭 툭 갈라지는 나무껍질을 쓰다듬으며
나는 중얼거리네
내 입술과 귀를 불태우는 그 말에게
묻고 대답하고
침묵하면서

먼 곳으로 가네, 새살처럼 돋아나는
통증을 안고

떠나는 것들, 돌아오는 것들의 발소리 분주한
이 저녁 속의
다른 저녁에게로

젖은 몸으로
허공과 싸우듯 허공을 껴안는
나뭇가지의 투명한 불꽃들

어디든 갈 수 있어요 무엇으로든 빚어질 수 있어요 저는 아직 태어나지 않았어요

견딜 수 없는 사랑을 부르는

빗방울, 빗방울들

떨림으로 가득 찬 나의 눈동자들

심장을 켜는 사람

나희덕

심장의 노래를 들어보실래요?
이 가방에는 두근거리는 심장들이 들어 있어요

건기의 심장과 우기의 심장
아침의 심장과 저녁의 심장

두근거리는 것들은 다 노래가 되지요

오늘도 강가에 앉아
심장을 퍼즐처럼 맞추고 있답니다
동맥과 동맥을 연결하면
피가 돌듯 노래가 흘러나오기 시작하지요

나는 심장을 켜는 사람

심장을 다해 부른다는 게 어떤 것인지 알 수 없지만
통증은 어디서 오는지 알 수 없지만

심장이 펄떡일 때마다 달아나는 음들,
웅크린 조약돌들의 깨어남,
몸을 휘돌아나가는 피와 강물,
걸음을 멈추는 구두들,

짤랑거리며 떨어지는 동전들,

사람들 사이로 천천히 지나가는 자전거 바퀴,

멀리서 들려오는 북소리와 기적소리,

다리 위에서 노래를 부르는 동안

얼굴은 점점 희미해지고

허공에는 어스름이 검은 소금처럼 녹아내리고

이제 심장들을 담아 돌아가야겠어요

오늘의 심장이 다 마르기 전에

꽃말

이문재

나를 잊지 마세요
꽃말을 만든 첫 마음을 생각한다
꽃 속에 말을 넣어 건네는 마음
꽃말은 못 보고 꽃만 보는 마음도 생각한다
나를 잊지 마세요
아예 꽃을 못 보는 마음
마음 안에 꽃이 살지 않아
꽃을 못 보는 그 마음도 생각한다
나를 잊지 마세요
꽃말을 처음 만든 마음을 생각한다
꽃을 전했으되 꽃말은 전해지지 않은
꽃조차 전하지 못한 수많은 마음
마음들 사이에서 시든 꽃도 생각한다

호두에게

안희연

부러웠어, 너의 껍질
깨뜨려야만 도달할 수 있는
진심이 있다는 거

나는 너무 무른 사람이라서
툭하면 주저앉기부터 하는데

너는 언제나 단호하고
도무지 속을 알 수 없는 얼굴
한 손에 담길 만큼 작지만
우주를 쥔 것 같은 기분이 들었어

너의 시간은 어떤 속도로 흐르는 것일까
문도 창도 없는 방 안에서
어떤 위로도 구하지 않고
하나의 자세가 될 때까지 기다리는

결코 가볍지 않은 무게를 가졌다는 것
너는 무수한 말들이 적힌 백지를 내게 건넨다

더는 분실물 센터 주변을 서성이지 않기
'밤이 밤이듯이' 같은 문장을 사랑하기

미래는 새하얀 강아지처럼 꼬리 치며 달려오는 것이 아니라
새는 비를 걱정하며 내다놓은 양동이 속에
설거지통에 산처럼 쌓인 그릇들 속에 있다는 걸

자꾸 잊어, 너도 누군가의 푸른 열매였다는 거
세상 그 어떤 눈도 그냥 캄캄해지는 법은 없다는 거

문도 창도 없는 방 안에서
나날이 쪼그라드는 고독들을

가슴 선반

심재휘

가슴 언저리에 선반을 달고 그곳에
당신을 위한 차 한잔을 얹어드리지요
식기 전에 와서 드세요
당신의 서툰 웃음이 노을처럼 고이면
마음에 넘쳐서 흐르면
나는 그 저녁의 강물에 잠시 닻을 내릴게요

여러 밤을 흐르는 강물을 읽을게요
일렁거리는 문장들은 아프거나 빛날 테고
가을 새들은 물을 차며 몇개의
식지 못하는 글자들을 물고 가겠지요

어느 훗날 쓸쓸한 거리에서
차를 다 마신 표정의 나무를 만난다면
가지 끝에 달린 꽃의 물음이
내 표정에 드리울 때면
당신이 마시고 간
차 한잔의 인사라고 생각할게요

나는 오늘도
가슴에 선반을 달고 그곳에
차 한잔을 올릴게요

매번 식어만 가는 차일지라도

차를 우리는 일은 우리의 일이잖아요

영원히는 지키지 못할 그 약속

황인숙

어제도 그제도 오셨으니
내일도 오실 거죠?
모레도 글피도,
언제까지라도 오실 거죠?

네 부드러운 레몬빛
눈 속에서 아른거리는 딱정벌레
가냘픈 기대

아니야, 아니!
영원히는 지키지 못할 그 눈빛
네 연한 레몬빛
내 머릿속에 시리게 쏟아지네

차라리 얼른 저버릴까
영원히는 지키지 못할 그 약속
가슴 저미네
영원히는 뛰지 못할 내 가슴

당신이 물고기로 잠든 밤

박연준

당신 손목 있잖아
책을 펼쳐 내 쪽을 향해 보여줄 때
약간 비틀어진 모양,
난 그게 나무 같더라
물기 없는 갈색
나 거기서 태어난 거 같아
연노랑 잎맥으로
연노랑은 노랑의 이복 자매
가을이 떨어뜨린 약속

당신 지느러미 있잖아
내 미래 같더라
새벽에 자꾸 떨어지길래 주웠는데
어떻게 해야 할지
발꿈치를 들고 침대 주위를 배회하며
물고기 흉내를 내볼까

당신은 잠
미래는 강

당신 머리는 동그란 숲 같더라
여기가 백회(百會)인가,

무구한 풀들이 모여 기도하는 백회인가
이마 코 입술은 당신이 덮는 이불인가
심정이 어때요, 내가 물을 때
재빨리 펼쳐 덮는 이불인가

당신 꿈 있잖아
내가 혼곤하게 잠들었을 때
왼쪽 귀에다 부어주는 꿈,
뜨거운 주물(鑄物)로 탄생하는 꿈
내 꿈과 합쳐져 굽이치는데
가끔 벅차서 내가 흘리는 거
아나? 나비물로 촥,
침대를 적시는 거

날들이 까마귀떼로 내려앉아 뒤에 숨고
나는 모른 체,

전부를 맡기고 흘러가볼까

뭉개진 구절초 얼굴들 하나하나
펴서,
꼼지락꼼지락 다시

살아나도록 애쓰는 거

당신은 알까?

이 느린 물

김
소
연

이 시의 마지막은 이렇게 끝났다;

밖에는 고통이, 이 느린 물이,

이 치명적인 물이, 죽음의

자매가 내리는데,

당신은 잠이 오나요?*

그녀는

커튼을 들추고

창문 앞에 서서

잠을 이루지 못하는 창문 하나를 마주했다

아무것도 없는 것만 같은 적막 속에서

잠들지 않은 한 사람을 상상했다

저 사람은 불만 켜둔 채로 깊이 잠든 걸까

불이 꺼진 어떤 방에도 잠들지 못한

누군가가 있을까

그녀는

언제나 잠이 오지 않던 사람

어쩌다 단잠을 잔다면 가장 큰 행운을 얻은 듯

그것만으로 충분했던 사람

충분하다는 건 기쁘다는 것과 좀 달랐다
그녀는 완전하게 기뻐해본 적이 단 한 번도 없었다
모든 일에서 분노를 잔향처럼 느꼈다

그녀는 단 하루도
죽음을 떠올리지 않은 적 없었다
평생 동안 사랑해온 단 한 명을 대하듯 했다

그녀의 방에서만큼은
아무것도 아닌 그녀가 조용히 슬리퍼를 끌고
먹을 것을 챙겨 먹으며
다만 자기 자신을 위해 시를 썼다

약간의
약간의
아주 약간의 웃음 속에서
맹렬히
맹렬히
거의 모든 것과 맞서다가

그 방에서

더 깊은 안쪽으로 들어갔을 때

이대로 고요히 사라지고 싶다고 혼잣말을 했다

안쪽으로

안쪽으로

뱅글뱅글 파고들고 파고들고 파고들다가

그것이

사랑을 시작하는 얼굴이란 걸

알아챌 때도 있었다

* 가브리엘라 미스트랄, 「느린 비」, 나혜석·에밀리 디킨슨 외, 『슬픔에게 언어를 주자: 세계 여성 시인선』, 공진호 옮김, 아티초크, 2016.

2부

당신이라는 기묘한 감정

폭포의 사랑

함민복

물이 별소리 다하며 흐릅니다
무릎 베고 누워 폭포수에 귀를 연 그대
눈동자에, 사랑에, 빠진, 눈부처, 나는

폭포는 분수, 더는 못 견디게 그리워
푸른 하늘로 솟아올랐던, 물방울,
산에, 내려, 모여, 저리 쏟아지는

내 마음, 언제 당신 마음 이리 많이 뿜어올렸던가
뿜어올렸던 당신 마음, 내 마음 되어
당신에게 쏟아지는 마음의 폭포,

사랑, 다시 쏟아지고 싶어
쏟아지다
되돌아 피어나는 물보라

내 눈동자 속의 당신, 당신 눈동자 속의 나
눈길 폭포에, 아카시아,
가시나무도 부드럽고 환한 그림자를 드리운

낮게 부는 바람

유혜빈

그건 정말이지

한 사람이 한 사람을 잠들도록
한 사람이 아무도 모르게 잠들 수 있도록
이마를 쓰다듬어주는 일이야

늦은 여름 아침에 누워
새벽을 홀딱 적신 뒤에야
스르르 잠들고자 할 때

너의 소원대로 스르르
잠들 수 있게 되는 날에는

저 먼 곳에서
너는 잠깐 잊어버리고
자기의 일을 열심히 하고 있는 사람이 하나 있는데

그 한 사람이 너를 잠들게 하는 것이라는 걸
멀리서 너의 이마를 아주 오래 쓰다듬고 있다는 걸

아무래도 너는 모르는 게 좋겠지

숲

최백규

비 내리는 병실에서

빛이 일렁이고 있다

우리는

서로 같은 아침을 바라본다

연한 손을

가지런히 모으고

창을

연다

비를 맞으면서도 눈을 감지 않는

미래를

사랑이라 믿는다

단둘

전욱진

오늘내일 할 것 없이 매일이 그저
예상 가능하고 기정사실이었을 때
당신 눈빛이 내게 호외였습니다

타고난 다정은 내가 부럽고
그래서 부쩍 키가 줄었으나
마음 벼랑을 기어 올라왔으니
이게 다 덕분입니다

그윽하고 아늑한 게 당신 품이어서
고백은 메아리로 다시 올 거 같고
고개 들면 당신이 당신 얼굴에
어떤 표정 짓고 있을지 나는 압니다
일부러 거기 가담하지 않고
이대로 조금만 더 있겠습니다

당신의 품보다 밤이 더 느립니다
겨울인데 입김을 오래 못 봤으니
이 세상이 실내가 되었습니다
돌아가고 싶지 않다고 바라는
그때 내 표정은 나도 보고 싶지만

일단 이 마음을 내일 꼭두새벽부터
희게 내릴 풋눈으로 바꿀 생각입니다
차렵것이 없어도 우리가 따사해서
도리어 미열이 있을지도 모르지만
이대로 조금만 더 있을 겁니다

당신은 첫눈입니까

이규리

누구인가 스쳐지날 때 닿는 희미한 눈빛, 더듬어보지만 멈칫하는 사이 이내 사라지는 마음이란 것도 부질없는 것 우린 부질없는 것에 대해 더 많이 이야기하였다 그렇지 않으면 모르고 지나친 일을 견디지 못했을 것이다 낱낱이 드러나는 민낯을 어쩌지 못했을 것이다 생각날 듯 말 듯 생각나지 않아 지날 수 있었다 아니라면 모르는 사람을 붙들고 더욱 부질없어질 뻔하였다 흩날리는 부질없음을 두고 누구는 첫눈이라 하고 누구는 첫눈 아니라며 다시 더듬어보는 허공, 당신은 첫눈입니까

오래 참아서 뼈가 다 부서진 말
누군가 어렵게 꺼낸다
끝까지 간 것의 모습은 희고 또 희다
종내 글썽이는 마음아 너는,

슬픔을 슬픔이라 할 수 없어
어제를 먼 곳이라 할 수 없어
더구나 허무를 허무라 할 수 없어
첫눈이었고

햇살을 우울이라 할 때도
구름을 오해라 해야 할 때도
그리고 어둠을 어둡지 않다 말할 때도

첫눈이었다

그걸 뭉쳐 고이 방안에 두었던 적이 있다

우리는 허공이라는 걸 가지고 싶었으니까
유일하게 허락된 의미였으니까

저기 풀풀 날리는 공중은 형식을 갖지 않았으니

당신은 첫눈입니까

청혼

진은영

나는 오래된 거리처럼 너를 사랑하고
별들은 별들처럼 웅성거리고

여름에는 작은 은색 드럼을 치는 것처럼
네 손바닥을 두드리는 비를 줄게
과거에게 그랬듯 미래에게도 아첨하지 않을게

어린 시절 순결한 비누 거품 속에서 우리가 했던 맹세들을 찾아
너의 팔에 모두 적어줄게
내가 나를 찾는 술래였던 시간을 모두 돌려줄게

나는 오래된 거리처럼 너를 사랑하고
별들은 귓속의 별들처럼 웅성거리고

나는 인류가 아닌 단 한 여자를 위해
쓴잔을 죄다 마시겠지
슬픔이 나의 물컵에 담겨 있다 투명 유리 조각처럼

레몬

허수경

당신의 눈 속에 가끔 달이 뜰 때도 있었다 여름은 연인의 집에 들르느라 서두르던 태양처럼 짧았다

당신이 있던 그 봄 가을 겨울, 당신과 나는 한 번도 노래를 한 적이 없다 우리의 계절은 여름이었다

시퍼런 빛들이 무작위로 내 이마를 짓이겼다 그리고 나는 한 번도 당신의 잠을 포옹하지 못했다 다만 더운 김을 뿜으며 비가 지나가고 천둥도 가끔 와서 냇물은 사랑니 나던 청춘처럼 앓았다

가난하고도 즐거워 오랫동안 마음의 파랑 같을 점심 식사를 나누던 빛 속, 누군가 그 점심에 우리의 불우한 미래를 예언했다 우린 살짝 웃으며 대답했다, 우린 그냥 우리의 가슴이에요

불우해도 우리의 식사는 언제나 가득했다 예언은 개나 물어가라지, 우리의 현재는 나비처럼 충분했고 영영 돌아오지 않을 것처럼 그리고 곧 사라질 만큼 아름다웠다

레몬이 태양 아래 푸르른 잎 사이에서 익어가던 여름은 아주 짧았다 나는 당신의 연인이 아니다, 생각하던 무참한 때였다, 짧았다, 는 내 진술은 순간의 의심에 불과했다 길어서 우리는 충분히 울었다

마음속을 걸어가던 달이었을까, 구름 속에 마음을 다 내주던 새의 한 철을 보내던 달이었을까, 대답하지 않는 달은 더 빛난다 즐겁다

숨죽인 밤구름 바깥으로 상쾌한 달빛이 나들이를 나온다 그 빛은 당신이 나에게 보내는 휘파람 같다 그때면 춤추던 마을 아가씨들이 얼굴을 멈추고 레몬의 아린 살을 입안에서 굴리며 잠잘 방으로 들어온다

저 여름이 손바닥처럼 구겨지며 몰락해갈 때 아, 당신이 먼 풀의 영혼처럼 보인다 빛의 휘파람이 내 눈썹을 스쳐서 나는 아리다 이제 의심은 아무 소용이 없다 당신의 어깨가 나에게 기대오는 밤이면 당신을 위해서라면 나는 모든 세상을 속일 수 있었다

그러나 새로 온 여름에 다시 생각해보니 나는 수줍어서 그 어깨를 안아준 적이 없었다
후회한다

지난여름 속 당신의 눈, 그 깊은 어느 모서리에서 자란 달에 레몬 냄새가 나서 내 볼은 떨린다, 레몬꽃이 바람 속에 흥얼거

리던 멜로디처럼 눈물 같은 흰빛 뒤안에서 작은 레몬 멍울이 열리던 것처럼 내 볼은 떨린다

달이 뜬 당신의 눈 속을 걸어가고 싶을 때마다 검은 눈을 가진 올빼미들이 레몬을 물고 향이 거미줄처럼 엉킨 여름밤 속에서 사랑을 한다 당신 보고 싶다, 라는 아주 짤막한 생애의 편지만을 자연에게 띄우고 싶던 여름이었다

인중을 긁적거리며

심보선

내가 아직 태어나지 않았을 때,
천사가 엄마 배 속의 나를 방문하고는 말했다.
네가 거쳐온 모든 전생에 들었던
뱃사람의 울음과 이방인의 탄식일랑 잊으렴.
너의 인생은 아주 보잘것없는 존재부터 시작해야 해.
말을 끝낸 천사는 쉿, 하고 내 입술을 지그시 눌렀고
그때 내 입술 위에 인중이 생겼다.*

태어난 이래 나는 줄곧 잊고 있었다.
뱃사람의 울음, 이방인의 탄식,
내가 나인 이유, 내가 그들에게 이끌리는 이유,
무엇보다 내가 그녀를 사랑하는 이유,
그 모든 것을 잊고서
어쩌다 보니 나는 나이고
그들은 나의 친구이고
그녀는 나의 여인일 뿐이라고
어쩌다 보니 그렇게 된 것뿐이라고 믿어왔다.

태어난 이래 나는 줄곧
어쩌다 보니, 로 시작해서 어쩌다 보니, 로 이어지는
보잘것없는 인생을 살았다. 그러나
어떻게 하면 깨달을 수 있을까?

태어날 때 나는 이미 망각에 한 번 굴복한 채 태어났다는
사실을, 영혼 위에 생긴 주름이
자신의 늙음이 아니라 타인의 슬픔 탓이라는
사실을, 가끔 인중이 간지러운 것은
천사가 차가운 손가락을 입술로부터 거두기 때문이라는
사실을, 모든 삶에는 원인과 결과가 있고
태어난 이상 그 강철 같은 법칙들과
죽을 때까지 싸워야 한다는 사실을.

나는 어쩌다 보니 살게 된 것이 아니다.
나는 어쩌다 보니 쓰게 된 것이 아니다.
나는 어쩌다 보니 사랑하게 된 것이 아니다.
이 사실을 나는 홀로 깨달을 수 없다.
언제나 누군가와 함께……

추락하는 나의 친구들:
옛 연인이 살던 집 담장을 뛰어넘다 다친 친구.
옛 동지와 함께 첨탑에 올랐다 떨어져 다친 친구.
그들의 붉은 피가 내 손에 닿으면 검은 물이 되고
그 검은 물은 내 손톱 끝을 적시고
그때 나는 불현듯 영감이 떠올랐다는 듯
인중을 긁적거리며

그들의 슬픔을 손가락의 삶-쓰기로 옮겨 온다.

내가 사랑하는 여인:

3일, 5일, 6일, 9일……

달력에 사랑의 날짜를 빼곡히 채우는 여인.

오전을 서둘러 끝내고 정오를 넘어 오후를 향해

내 그림자를 길게 끌어당기는 여인. 그녀를 사랑하기에

내가 누구인지 모르는 죽음,

기억 없는 죽음, 무의미한 죽음,

내가 가장 두려워하는 죽음일랑 잊고서

인중을 긁적거리며

제발 나와 함께 영원히 살아요,

전생에서 후생에 이르기까지

단 한 번뿐인 청혼을 한다.

*『탈무드』에 따르면 천사들은 자궁 속의 아기를 방문해 지혜를 가르치고 아기가 태어나기 직전에 그 모든 것을 잊게 하기 위해 쉿, 하고 손가락을 아기의 윗입술과 코 사이에 얹는데, 그로 인해 인중이 생겨난다고 한다.

호시절

이종민

버섯 은행 대추를 넣어 돌솥에 지은 밥, 저민 소고기를 뭉쳐 찐 떡갈비, 잘 익은 신김치와 총각김치, 고추김치와 취나물무침과 마늘종조림, 뚝배기에 담긴 붉은 순두부찌개를 놓고 마주 앉았을 때, 간장에 버무린 가지튀김을 입에 넣었을 때, 예상했던 바삭함은 없고 포슬포슬한 식감이 옅은 미소로 나올 때, 동시에 마주 보며 동그란 눈으로 웃었을 때, 한상 가득 채워진 반찬에 맞추려 반숟가락씩 밥을 뜨면 남은 반숟가락에 네가 반찬을 올려줬을 때, 속도가 느린 너와 함께하기 위해 되도록 천천히 씹고 또 씹었을 때, 그래도 내 그릇이 더 빠르게 비어 한공기 더 주문했을 때, 식사가 끝나고도 말없이 창밖 벽돌담에 뉘엿거리는 겨울 별을 구경했을 때, 창에 비치는 우리를 발견하고 턱을 괸 채 나를 보는 너의 모습을 봤을 때, 이듬해 곁에 있을 네가 미리 와 있는 것 같을 때, 부른 배를 한동안 쓰다듬었을 때, 어쩌면 부푼 배꼽 위를 네 손도 왔다 갔을 때, 북아현 길고 긴 내리막길을 함께 걸어 내려갔는지 마을버스를 탔는지, 어찌 되었든 함께 돌아갔을 때,

사랑은 ㅇ을 타고

김승희

사랑은 움직인다

사랑이 동그란 바퀴를 타고 있기 때문에,

당신밖에 할 수 없는 일,

사람에서 ㅁ을 깎아 ㅇ을 만들어서

.....ㅇ....ㅇ....ㅇ.....ㅇ.......ㅇ......

동그란 바퀴는 구르고 움직이며 때로 미끄러지기도 한다,

ㅇ.... 굴렁쇠...... 사랑은 누군가의 목을 조이기도 하고

들판 밖으로 나가 굴러 널브러지기도 하고

정착을 모르고 여기저기 쓰러지기도 하지만

깊고 찬 우물, 광야에서 발견한 우물의 ㅇ

아리랑....... 쓰리랑........이란 말도 그렇다,

그런 말이다,

마음에 바퀴를 달고 있다는 것이다,

시베리아 남부지역, 바이칼 호숫가에 살고 있는 에벤키족의 언어에서

아리랑(alirang)은 '맞이하다'는 뜻을,

쓰리랑(serereng)은 '느껴서 알다'는 뜻으로 사용되고 있다고 한다,

영혼을 맞이해봐라

이별의 슬픔을 참아봐라,

아리랑 쓰리랑 두개의 바퀴를 타고 가서, 나아가서,

찬 새벽 사막에서 우물 ㅇ을 만나봐라

마음을

.....ㅇ....ㅇ....ㅇ.....ㅇ.......ㅇ......에 올려두고

일평생 미끄러져봐라

앉아 있는 사람에서 ㅁ이 ㅇ이 될 때까지

둥글게 둥글게 모서리 뼈를 깎아봐라,

ㅁ이 ㅇ이 될 때까지 아리 아리게 쓰리 쓰리게

뼈를 깎는 그 고통이 지나야만

웃는 웃음 ㅇ이 바퀴를 굴려 나가리니

깊고 찬 우물, 광야에서 발견한 우물의 ㅇ

당신밖에 할 수 없는 일,

어떤 사막에서도 멈출 줄 모른다,

사랑은 ㅇ을 타고 있기에

겨울의 감정

이설야

당신이 오기로 한 골목마다
폭설로 길이 가로막혔다
딱 한번 당신에게
반짝이는 눈의 영혼을 주고 싶었다
가슴 찔리는 얼음의 영혼도 함께 주고 싶었다
그 얼음의 뾰쪽한 끝으로 내가 먼저 찔리고 싶었다

눈물도 얼어버리게 할 수 있는
웃음도 얼어버리게 할 수 있는
겨울이라는 감정
당신이라는 기묘한 감정

눈이 내린다
당신의 눈 속으로
눈이 내리다 사라진다

당신 속으로 들어간 눈
그 눈을 사랑했다
한때 열렬히
사랑하다 부서져 흰 가루가 될 때까지
당신 속의 나를 사랑했다

그러나 오늘 다시 첫눈이 내리고

눈처럼 사라진

당신의 심장

내 속에서 다시 뛰기 시작한다

해가 산마루에 저물어도

김소월

해가 산마루에 저물어도
내게 두고는 당신 때문에 저뭅니다.

해가 산마루에 올라와도
내게 두고는 당신 때문에 밝은 아침이라고 할 것입니다.

땅이 꺼져도 하늘이 무너져도
내게 두고는 끝까지 모두 다 당신 때문에 있읍니다.

다시는 나의 이러한 맘뿐은, 때가 되면,
그림자같이 당신한테로 가오리다.

오오, 나의 애인이었던 당신이여.

풍경의 깊이

김사인

바람 불고

키 낮은 풀들 파르르 떠는데

눈여겨보는 이 아무도 없다.

그 가녀린 것들의 생의 한순간,

의 외로운 떨림들로 해서

우주의 저녁 한때가 비로소 저물어간다.

그 떨림의 이쪽에서 저쪽 사이, 그 순간의 처음과 끝 사이에는 무한히 늙은 옛날의 고요가, 아니면 아직 오지 않은 어느 시간에 속할 어린 고요가

보일 듯 말 듯 옅게 묻어 있는 것이며,

그 나른한 고요의 봄볕 속에서 나는

백년이나 이백년쯤

아니라면 석달 열흘쯤이라도 곤히 잠들고 싶은 것이다.

그러면 석달이며 열흘이며 하는 이름만큼의 내 무한 곁으로 나비나 벌이나 별로 고울 것 없는 버러지들이 무심히 스쳐가기도 할 것인데,

그 적에 나는 꿈결엔 듯

그 작은 목숨들의 더듬이나 날개나 앳된 다리에 실려 온 낯익은 냄새가

어느 생에선가 한결 깊어진 그대의 눈빛인 걸 알아보게 되

리라 생각한다.

산책

정다연

빛이 새어든다. 너를 본다. 너를 비추는 햇빛을 본다. 너의 어깨 너머로 흐르는 구름을 본다. 구름 속 석양을 본다. 석양 속 코끼리 무리를 본다.

너를 본다. 너의 눈동자 속에 비친 내 얼굴을 본다. 그림 안과 밖에서 서로를 마주 보는 심정으로 너를 본다. 우리의 간격을 본다. 네 얼굴을 만진다. 형상은 온기로 잡힌다. 한 번도 부화한 적 없는 심장을 품고 너를 만진다. 잠든 너의 심장을 본다.

거대한 것들의 죽음은 거대해서 작은 것들의 죽음은 작아서 슬프다.

코끼리는 마음이 너무 아프면 죽을 수 있다고 말하던 너의 입술을 본다. 나는 슬픔 속에 죽어가는 코끼리를 본 적은 없지만

너를 통과해 빠져나가는 붉은 코끼리를 본다. 그 코끼리가 너의 그림자를, 나의 그림자를 지고 멀어져 가는 것을 본다.

너를 본다. 모래사장을 걷는, 바다를 걷는 너를 본다. 잠기는 두 발목을 본다. 바다에 밀려온 작은 새를 그것을 건져 올리는 너의 손목을 본다. 너의 어깨 너머로 흐르는 어둠을 어둠 속의 빛을 그 속에 저물어가는 너를 본다. 너를 보면 네 안에 문이

있고 노래가 있고 너를 바라보는 내가 있다. 내가 있다.

이 즐거운 여름
- 네 눈 속의 나의 눈을 들여다보았을 때

정한아

잘난 척 같은 건 다 그만두고 싶었어
나는 사실은 물이야 아무 데로나 흐르고 싶어
어항 같은 것은 도랑에 던져버리고 (산산이 부서지라지)
가시 돋친 혀에 찔리지 않고
차가운 시선에 얼지 않는
응, 나는 파란 물인데, 아무 데로나

구름으로 떠올랐다 비로 내렸다 그렇지만
네 눈가에도 꼭 흐르고 싶은
파란 물인데
지금은 칼로 물을 베는 시간
아지랑이의 시간
금 가는 시간

이 부글거리는 시간들에 다 스며들고 나면
요동하는 내 심장의 충혈된 지느러미가
축 늘어지고 나면
물거품이 꺼지고 나면

잘난 척 같은 건 다 그만두고
네 몸을 잠시 입을 텐데
쨍, 부딪히면 술잔처럼 잠시 출렁일 뿐

아무래도 쏟아지지는 않는 이런

몹쓸 청춘 따위 (산산이 부서지라지)

태양의 시간이 다하고 나면

그런 눈

손유미

사랑이 망할 때마다
녹지 않는 눈이 내려

하늘의 살을 덮고
오래 잔다

꿈속에선 아무 잘못이 없어
이마를 내놓고 놀고

하늘에선, 내가 나를 포기하는 속도와 상관없이
눈이 계속 내리고

그럼 꼭 사면될 수 있을 것 같아
즐겁게 맞고

눈이 그치면 돌아가야겠지만
돌아갈 곳이 없어 눈은 그치지 않는

그런 꿈

그런 밤은
영영 밤이고

어느 날 다시 궁금해지겠지

가망이 없어 사랑이 망하는 걸까
사랑이 망해서 날 망치는 걸까

여분의 사랑

배영옥

나의 미소가
한 사람에게 고통을 안겨준다는 걸 알고 난 후
나의 여생이 바뀌었다
백날을 함께 살고
백날의 고통을 함께 나누며
가슴속에 품고 있던 공기마저 온기를 잃었다
초점 잃은 눈동자로
내 몸은 각기 다른 방향을 향해 고개를 돌렸다
우리의 세상을 펼쳐보기도 전에
아뿔싸,
나는 벌써 죄인이었구나
한 사람에게 남겨줄 건 상처뿐인데
어쩌랴
한사코 막무가내인 저 사람을……

백날을 함께 살고
일생이 갔다

면목동

유희경

아내는 반 홉 소주에 취했다 남편은 내내 토하는 아내를 업고 대문을 나서다 뒤를 돌아보았다 일없이 얌전히 놓인 세간의 고요

아내가 왜 울었는지 남편은 알 수 없었다 어쩌면 영영 알 수 없을지도 모른다 달라지는 것은 없으니까 남편은 미끄러지는 아내를 추스르며 빈 병이 되었다

아내는 몰래 깨어 제 무게를 참고 있었다 이 온도가 남편의 것인지 밤의 것인지 모르겠어 이렇게 깜깜한 밤이 또 있을까 눈을 깜빡이다가 도로 잠들고

별이 떠 있었다 유월 바람이 불었다 지난 시간들, 구름이 되어 흘러갔다 가로등이 깜빡이고 누가 노래를 불렀다 그들을 뺀 나머지 것들이 조금 움직여 개가 짖었다

그때 그게 전부 나였다 거기에 내가 있었다는 것을 모르는 건 남편과 아내뿐이었다 마음에 피가 돌기 시작했다 이야기는 이렇게 시작되었다

골목이 애인이라면

박소란

방금 마트에서 나온 여자, 그녀가 품에 안아 든 것이
아기라면
아직 태어나지 않은 채로 바스락바스락 웃는다면

그녀 곁을 스쳐 쌩하니 멀어지는 것
강아지라면
언제 그랬냐는 듯 꼬리를 흔들며 다가와 그녀의 낡은 슬리퍼를 핥아준다면

슬리퍼를 탈탈탈 끌며 집으로 돌아가는 여자

그녀의 꽃무니에 붙은 저 어둠의 무늬가 실은
빛이라면
밤마다 빛의 자그만 손이 한땀 한땀 떠 선물한 스웨터라면

텅 빈 골목이 애인이라면
그녀를 기다리다 어떤 생각에 골똘히 잠긴 그를 향해
힘껏 달려간다면

사소한 웃음소리가 잠시 골목 어귀에 머물다 팔짱을 낀 채로 천천히 멀어진다면

어느새 그녀는 불 앞에 서서 라면을 끓이고
익었나 안 익었나 면발을 건져 후후 불며
있잖아 요 앞 사거리에서 길 잃은 강아지를 봤어, 아냐 어쩌면
강아지가 아닐지도 모르겠다

아닐지도 모르겠다

집이 그 커다란 눈을 반짝이며 그녀를 바라본다면
식탁의 표정은 더없이 따스해
덥석 애인의 손을 잡은 그녀는
가자, 지금 데리러 가자

소노부부

김현

시간을 손에 쥐고
해변을 걷는다

시간의 오래된 내부는
단단하고 반짝인다

노부부를 따라
노부부의 발자국이 해변을 걸어간다

그런 걸 보는 것이다
여름 해변에서는

태풍이 온다는 것을 알기에
부부는 한평생 지혜를 향해 간다

⚠ 그는 혼자다. 그는 바다를 향해 있다. 바다를 보지 않는다. 그렇게 얼굴을 하고 있다. 그는 그런 얼굴로 혼자서 해변의 얼굴을 완성한다. 그가 허리를 굽혀 모래알이 반짝일 때 한척의 배가, 두 사람이 그의 시간을 스쳐간다. 그는 배와 두 사람을 모두 보고 주먹을 꼭 쥐고 선다. 주먹 안에 담긴 것이 오늘날의 인생일 것이다.

늙은 남자가 늙어가는 남자의 굽은 등을 감쌀 때

자연의 파도란 평등하다

시간을 쥔 손들은 견고하다
견고한 것으로 부드러울 수 있다

늙어가는 것을 물결로 보는
여름 해변의 일이란 찬연하다

노부부가 산뜻한 얼굴로
저 먼 섬을 나란히 볼 때

손에 쥔 시간이
돌이다

빛과 어둠을
보류하고

해변에 오래 머물지 않고
바다에 미련을 두지 않고

저기로, 가요
저기, 어디

노부부는 순식간에 하얘진다

투명하다

선명한 적이 없었다는 듯이

침묵을 어디에 둘 새도 없이

더 멀리

해변은 노인들의 것이다

그걸 또 누군가가 뒤에서 바라볼 때란

노부부의 마음

가만히 서서

뒤를 돌아보지 않고

걸어가는 발자국을 본다⚠

⚠ 인생은 해변 위에 놓여 있다. 그녀는 보이지 않고 그녀들은 파도에 발을 담그고 있다. 누구일까. 그녀는 인생을 보며 여름 해변에서 보았던 발자국들을 떠올린다. 안개에 가까운 사람과 무덤에 가까운 사람이 만나서

시간을 기다리는 이야기. 멈추는 것과 투명한 것과 잠든 것이 기다리는 해변에서 노부부와 한 남자를 따라 움직이던 사람의 시간을. 그녀는 오늘날의 인생을 들고 바다를 향해 간다. 평화가 온다. 노부부가 해변에서 그녀를 되돌아본다.

주기

홍지호

선물하고 싶은 날에는
미안해졌다

아무것도 모르는 사람아
중얼거렸고

돌아누운 등이
아무것도 모르는 사람아
대답해주었다

달이 유독 크고 밝은 날에
언젠가 달에 꼭 가보고 싶다고 했었지
나는 미안해졌다

우리는 무엇이 달의 모양을 바꾸고 있는지를 알고 있었고
보이는 것은 보인다는 것을 알고 있었다

오늘은 달이 유독 크고 밝은 날이고
그런 날은 유독 그런 날이라는 것도

돌아누운 사람아
힘든 날에 비가 비처럼 오는 날에

멀리서 집이 크게 보이고 금방 따뜻해질 거 같아도
골목을 다 걸어야 비를 다 맞아야 문 앞에 설 수 있다

무엇이 등을 보이게 했는지
나는 등을 볼 자격이 있는 사람인가 생각했다
달의 뒷면

보이지 않는 것도 때때로 보인다는 것을 알고 있었다

달에 가보고 싶다고 했었지
달이 크게 보여도 유독 밝아 다 보이는 거 같아도
골목을 다 걸어야 한다

달에 살자
어떤 빛들이 달의 모양을 바꿔도
문 앞에 섰던 마음은 잊지 말자
우리는 달의 뒷면에 숨어살자

3부

우리가
한 몸이었던 때를
기억해

환절기

박준

나는 통영에 가서야 뱃사람들은 바닷길을 외울 때 앞이 아니라 배가 지나온 뒤의 광경을 기억한다는 사실, 그리고 당신의 무릎이 아주 차갑다는 사실을 새로 알게 되었다

비린 것을 먹지 못하는 당신 손을 잡고 시장을 세 바퀴나 돌다보면 살 만해지는 삶을 견디지 못하는 내 습관이나 황도를 백도라고 말하는 당신의 착각도 조금 누그러들었다

우리는 매번 끝을 보고서야 서로의 편을 들어주었고 끝물 과일들은 가난을 위로하는 법을 알고 있었다 입술부터 팔꿈치까지 과즙을 뚝뚝 흘리며 물복숭아를 먹는 당신, 나는 그 축농(蓄膿) 같은 장면을 넘기면서 우리가 같이 보낸 절기들을 줄줄 외워보았다

사랑

박형진

풀여치 한 마리 길을 가는데

내 옷에 앉아 함께 간다

어디서 날아왔는지 언제 왔는지

갑자기 그 파란 날개 숨결을 느끼면서

나는

모든 살아 있음의 제 자리를 생각했다

풀여치 앉은 나는 한 포기 풀잎

내가 풀잎이라고 생각할 때

그도 온전한 한 마리 풀여치

하늘은 맑고

들은 햇살로 물결치는 속 바람 속

나는 나를 잊고 한없이 걸었다

풀은 점점 작아져서

새가 되고 흐르는 물이 되고

다시 저 뛰노는 아이들이 되어서

비로소 나는

이 세상 속에서의 나를 알았다

어떤 사랑이어야 하는가를

오늘 알았다.

사랑

김
사
이

사월이면 텅 빈 놀이터에

연둣빛 풀씨 하나 살짝 물어다 놓고 날아간

바람의 날개를 기억하는 눈이 있어

아이는 한발짝 한발짝 어른이 되어가지

색이 다르고 성이 다른 것을 차이라 말하고 차별하지 않는

고운 네가

내 죽음을 네 죽음처럼 보살피는 사랑이지

절망으로도 살아야 하는 이유이지

이제와 미래

여세실

분갈이를 할 때는
사랑할 때와 마찬가지로 힘을 빼야 한다

끝나지 않을 것 같은 장마였다 올리브나무가 죽어가고 있었다 나는 무엇을 잡아두는 것에는 재능이 없고 외우던 단어를 자꾸만 잊어버렸다

잎이 붉게 타들어간 올리브나무는 방을 정화하는 중이라고 했다 흙에 손가락을 넣어보면 여전히 축축한, 죽어가면서도 사람을 살리고 있는 나무를 나는 이제라고 불러본다 흙을 털어낸다 뿌리가 썩지 않았다면 다시 자랄 수 있을 거라고

이제야, 햇볕이 든다
생생해지며 미래가 되어가는

우리는 타고나길 농담과 습기를 싫어하고 그 사실을 잊어보려 하지만
이미 건넜다 온 적 있지 뿌리를 넘어 줄기를 휘감아 아주 날아본 적

양지를 찾아다녔다
산에서 자라는 나무의 모종 하나를 화분에 옮겨 심으면 야

산의 어둠이 방 안에 넝쿨째 자라기도 한다는 걸

진녹색 잎의 뒷면이 바스러졌다

시든 가지에도 물을 주면 잎새가 돋았다

사랑의 기원

조온윤

우리가 한 몸이었던 때를 기억해?

우리가 한 몸이었던 때를 기억해

하나의 운명체로서 우리는 우리의 운명을 공평하게

동전 던지기로 정하면서

어디가 앞면이고 뒷면인지를 두고 다투곤 했지

이인삼각 달리기를 하듯 뒤뚱대면서

비탈을 데굴데굴 굴러가면서

등가죽에 달라붙은 서로를 등지고

처음과 끝 일출과 일몰

동쪽 바다의 파도 소리와 서쪽 하늘의 갈매기떼

전혀 다른 풍경을 바라보던 우리는 이제

탁자에 마주 앉아

닮은 듯 닮지 않은 정면을 바라보고 있네

팔과 다리를 공평하게 나눠 갖고서

눈 코 입을 나눠 갖고서

너는 아직도 궁금해?

나는 아직도 궁금해

그는 왜 우리 몸을 갈가리 찢지 않고

반쪽으로만 갈라놓았지?

한 사람의 발걸음 뒤를 따라오는 두개의 발자국처럼
우리 마음은 처음부터 둘이었잖아
진정으로 우리가 약해지길 원했다면
반을 가르고 또 반을 갈랐어야 했잖아

혼자서 달리는 해변은 더 멀리까지 반짝이고
더 잘게 부서지지 아름답게
내가 노을을 향해 몸을 돌릴 때 등 뒤의 네가
그늘을 뒤집어쓰지 않아도 되지

이제 우리는 물결이 갈라놓은 다른 세상의 언저리에서
타오르는 일몰의 순간을 동시에 바라보고 있네
앞면 뒷면을 공평하게 나눠 갖고서
그림자를 나눠 갖고서

우리가 한 몸이었던 때를 기억해
나는 내가 앞면이었다고 생각해
너는 네가 앞면이었다고 생각해?

뒷모습이 없었던 때를 기억해
사랑하기 위해 그가 높이 동전을 튕겼지

사랑과 자비

황인찬

맞아, 그 여름의 바닷가에선 물새들이 끊임없이 울고 있었어 젊은 사람들이 해변을 뛰어다녔고 맞아, 우리는 개를 끌고 나왔어 그런데 그 개는 어디로 갔지?

쌓인 눈을 밟으면 소리가 난다
작은 것들이 무너지고 깨지는 소리다

우리는 그때 맨발로 뜨거운 아스팔트를 걷고 있었어 물놀이에 정신이 팔려 신발을 잃어버리고도 서로를 보며 그저 웃었고 그때 우리는 두 사람이었지

한 사람의 발자국이 흰 눈 위로 길게 이어져 있다
아주 옛날부터 그랬다

이제는 잘 기억나지 않는다

웃고 있는 서로를 보며 우리가 서로의 눈동자 속에서 무엇을 보고 또 알았는지 끝없이 이어진 수평선을 보며 우리가 서로에게 어떤 마음을 주고받았는지

"이런 삶은 나도 처음이야"
그렇게 말하니 새하얀 입김이 공중으로 흩어졌고

그때 우리는 사람으로 가득한 여름의 도시를 걷고 있었다
두 사람의 젖은 발이 뜨거운 지면에 남긴 발자국이 금세 사라
져버리는 것도 모르는 채로

겨울 호수를 따라 맨발자국이 길게 이어져 있다
주변에는 아무도 없다

기다리는 사람

최지인

회사 생활이 힘들다고 우는 너에게 그만두라는 말은 하지 못하고 이젠 어떻게 살아야 하나 고민했다 까무룩 잠이 들었는데 우리에게 의지가 없다는 게 계속 일할 의지 계속 살아갈 의지가 없다는 게 슬펐다 그럴 때마다 서로의 등을 쓰다듬으며 먹고살 궁리 같은 건 흘려보냈다

어떤 사랑은 마른 수건으로 머리카락의 물기를 털어내는 늦은 밤이고 아픈 등을 주무르면 거기 말고 하며 뒤척이는 늦은 밤이다 미룰 수 있을 때까지 미룬 것은 고작 설거지 따위였다 그사이 곰팡이가 슬었고 주말 동안 개수대에 쌓인 컵과 그릇들을 씻어 정리했다

멀쩡해 보여도 이 집에는 곰팡이가 떠다녔다 넓은 집에 살면 베란다에 화분도 여러개 놓고 고양이도 강아지도 키우고 싶다고 그러려면 얼마의 돈이 필요하고 몇년은 성실히 일해야 하는데 씀씀이를 줄이고 저축도 해야 하는데 우리가 바란 건 이런 게 아니었는데

키스를 하다가도 우리는 생각에 빠졌다 그만할까 새벽이면 윗집에서 세탁기 소리가 났다 온종일 일하니까 빨래할 시간도 없었을 거야 출근할 때 양말이 없으면 곤란하잖아 원통이 빠르게 회전하고 물 흐르고 심장이 조용히 뛰었다

암벽을 오르던 사람도 중간에 맥이 풀어지면 잠깐 쉬기도 한대 붙어만 있으면 괜찮아 우리에겐 구멍이 하나쯤 있고 그 구멍 속으로 한계단 한계단 내려가다보면 빛도 가느다란 선처럼 보일 테고 마침내 아무것도 없이 어두워질 거라고

우리는 가만히 누워 손과 발이 따듯해지길 기다렸다

달과 무

박서영

우리는 서로에게 영혼을 보여준 날부터
싸우기 시작했지
달에 간판을 달겠다고 떠나버린 사내와 나는
벚꽃나무에 간판을 달다가 떨어진 적이 있고

침묵하는 입술은 나를 취하게 하네
난 꽃도 아니다, 이젠 무언가를 말해 주기를
지나버린 시간에 석유를 끼얹고
불을 지르고 싶어지는구나
기억을 덮는 뚜껑으로 사용하기엔
달은 너무 아름답고 빛나네, 달은 말랑거리는 느낌
시간을 열었다가 닫는다

지구의 밥집들은 왜 자꾸 없어지고 있나
함께 먹은 가정식 백반
노랗게 찌그러진 양은냄비 속의 비빔밥

개업을 하고 나면 폐업을 향해 움직이듯이
마음을 열면 전 생애가 부서지고 사라져버린다
무엇을 생포하고 무엇을 풀어줄까
난 나비도 아니다, 어쩌면 스스로에게 사로잡힌 채
징징 울다가 날아오르는 꽃송이일지도 모르지

침묵 다음에 싸움, 영혼을 보여준 날의 싸움,
우리는 영혼을 보여준 날부터 싸우기 시작했지
달과 별은 나를 취하게 하네
당신은 하늘에 달아놓은 간판 불을 켜지만
이별 후엔 함께 먹은 밥집들도 문을 닫아버려
나는 손을 뻗어 달의 간판을 꺼버리겠네
비밀식당들의 폐업 소식을 알리겠네

집에 혼자 두지 말랬잖아

최현우

내가 분명히 말했잖아, 우리의 이틀이 개에게는 두 달이 될지 이 년이 될지 모르잖아, 그렇게 혼자서 불 꺼진 집이 무너질 것처럼 두려워서 계속 울고만 있었잖아, 지나가는 발소리만 들어도 철문을 긁다가 발톱에 피가 맺힌, 그 절뚝거리는 반가움을, 안아줄 수 없는 공포를, 그렇게 만들지 말랬잖아, 한 모금도 마시지 않은 물그릇 속 떠다니는 날벌레, 한 알씩 물고 와서 현관 앞에 쌓아놓은 사료를, 식구들의 잠옷과 이불과 속옷을 둘둘 말아놓은, 늦으면 늦는다고 말하랬잖아, 더 이상 누구도 혼자 두지 말랬잖아, 왜 내 잘못이야, 각자 흩어지기 바쁜 우리는 서로 매일 죽고 싶은 사람들이잖아, 죽이고 싶어서 차라리 죽고 싶은 사람이잖아

처음으로
코코가 나를 세게 물었다

손가락이 찢어지고
며칠 동안 침대에서 혼자 잤다

어느 날 바닥에 앉아 양말을 신으며
다녀올게, 하니까
코코가 다가와 손을 핥았다

열심히

아주 열심히

그 후로

붕대를 감듯

나쁜 생각을 할 때마다

손으로

손을 붙잡는 모양을 했다

완벽한 사랑

권창섭

다시는 돌아오지 않을 것 같은 사람의 등 뒤에다, 나는 말하지, "올 때 메로나", 장단이 존재하지 않는 완벽한 점이란 없으니, 점을 이으면 선이 되고, 면적이 존재하지 않는 완벽한 선이란 없으니, 선을 쌓으면 면이 되고, 부피가 존재하지 않는 완벽한 면이란 없으니, 면을 불리면 공간이 되는데, 우리들의 시간들은 네모나서, 그것들을 모았더니 "함께 있을 때도 메로나", 완벽한 각이란 없으니, 완벽한 네모도 없고, 완벽한 네모가 없으니, 완벽한 메로나도 없지만, 메로나가 어차피 네모라는 건 아니니까, 메롱처럼 혀를 굴리면 메로나는 점점 에로나가 될 텐데, 에로나라는 하드바는 없지만 메로나도 완벽하게 딱딱한 건 아니니까, 에로나도 완벽하게 둥근 건 아니니까, 네가 없어져 "갈 때 메로나",

완벽한 공간이란 없으니, 우린 이그러진 면도 많았고, 완벽한 면이란 없으니, 우린 잘못된 선을 긋기도 했고, 완벽한 선이란 없으니, 우린 서로를 미워했던 점도 많았는데,

면을 불리면 공간이 되고, 그 공간에는 면을 불려 먹는 것을 좋아하던 네가 있었고, 면을 덜 익혀 먹는 것을 좋아하던 내가 있었고, 덜 익히는 것과 불리는 것 사이에는 시간이 좀 필요했고, 그 시간이 끝났을 때, 버릇처럼 문밖을 나가는 네가 있고, 습관처럼 "올 때 메로나"라고 말하는 내가 있고, 냉장고 속에

는 서로 다른 공간들이 있고, 들어온 시점이 다른 시간들이 있고, 앞으로 그 공간 속에서 견딜 수 있는 시간들이 있고, 원 플러스 원으로 샀던, 메로나가 있고,

엄마가 잘 때 할머니가 비쳐서 좋다

고명재

비 오는 날 거대한 나무들이 가지를 낮추는 부드러운 모습이 좋다
콧등에서 갑자기 튀어오르는 빗방울의 탄성도 좋다
청개구리의 촉촉한 도약이 좋다
탄로(綻露)라는 한자에 뚫린 구멍이 좋다
물방울의 총성이 울리면 여름이 뛴다
나무가 흔들리고 열심히 앞으로 젖은 채 달리고
병원으로 향하는 좁은 언덕에 작은 꽃집이 희망처럼 있는 게 좋다

모두가 평등하게 비를 맞는 모습이 좋다
장화를 신으면 청개구리의 리듬이 오는 게 좋다
아이의 무릎이 내 무릎 속에 있는 게 좋다
달리기 말고 힘차게 뛰어오르는
새싹의 미래가
내 안에 있는 게 좋다
물웅덩이를 보면 간지러운 발바닥이 좋다
튀어오르는 흙탕물에 개의치 않고 사랑에게 달려가는 정강이가 좋다

베란다 바닥에 아무렇게나 펼쳐둔 금귤을 보는 게 좋다
귤 말고 금귤의 덩치가 좋다

금관악기에 매달리는 빛의 손자국이 좋다
약조보다는 약속을
가장 여린 손가락을
서로가 서로에게 거는 게 좋다
복숭아와 봉숭아 사이에서 피어오르는, 막을 수 없는 친근감도 숨막히게 좋다
엄마가 잘 때 할머니가 비쳐서 좋다 떠난 사람이 캄캄하게 보고 싶어서
가슴속의 복숭아를 반으로 가르는
과육의 슬픔도 과도도 향기도 모두가 좋다
유품을 만지는 걸 멈출 수 없다

이렇게 비가 오고 전화기가 잠잠해질 때
사랑이 으깨져 사랑의 맨살이 짓물러갈 때
내 속에는 사랑의 장대비가 맨살을 때리고 여름을 흔들고 저 높은 나무의 푸름을 두드려
거리에 천막에 장화에 새싹에 청개구리에
아무렇게나 금귤처럼 반짝이면서
함부로 칠해둔 당신의 낯빛이 좋았다
물러서는 사람의 얼굴은 아름다웠다
폐가 터지도록 달려서 봤던 마지막 얼굴이 내 남은 여름을 후회로부터 지켜주었다

훅, 사랑이라니

딸에게

정끝별

잠시 내게 맡겨진 동안
살짝 깃촉만

네가 떨어지지 않도록
손바닥을 펴 바닥이 되어
네가 날아가버리지 않도록
안으로만 굽는 손가락을 울타리 삼아
네가 숨쉴 수 있도록

세상 첫병(病)을 통과하는 동안
깃털처럼

한 슬픔을
한 허공으로 부양하며
기우뚱, 중력을 가누며
하마터면 세상 끝
하마터면 세상 모든

훅 날아가버릴 것만 같은
참 우연한

나의 서울

윤은성

커다란 손과
붙잡힌 어깨가 있었다
계속 붙잡고 있어 달라는
말수 적은 부탁이
있었다

뒤돌아보면 눈이 멀 것 같았다

떨어뜨린 동전들이 굴러가 사라지는 장면은
어째서 기억이 잘 날까
길바닥, 하수구, 수풀, 마르지 않은 도로, 한강대교 북단, 평일에도 이사를 다니는 사람들, 삼각지,
의족과 가발을 파는 가게, 밥과 찬을 가져와 나누어 먹는 교회

좁고 가파른 계단을 오르면
뒤돌아보지 않아도
그 애가 나와 함께 오고 있다는 것을
알 수 있을 것 같았다
몇 달에 한 번씩
가진 게 없는 연인들이
결혼식을 감행하는 곳이었다

노래를 만들어 부르는 선배와
법전을 외워 알려주는 선배와
마르고 까칠한 얼굴로 공부 중인 선배와
아이를 갖게 된 선배들

연말이면 서로에게 기도를 보내주고
혼자서는 조용히
성경을 찾아 읽는 법을 스스로
알게 되는 시간에 대하여
들려주는 동료들이
있었다

오래 비우는 집을 맡겨도 좋았다

내가 지낸 서울 중 한 곳에
그 애가
잃었던 동전 같은 그 애가 살아와
드리는 기도의 내용을
나는 짐작할 수 없었다

짐작할 수 없다

죽고 나서도 그것은 변하지 못하리라고 생각한다
단지
이제는 나는 다른 곳에서 고양이를 기른다

고양이는 나와 함께 천천히 태양이 지는 시간 가운데에 놓여 있고
빠르게, 최대한 다정을 숨기지 말자고 다짐하며 죽어간다

다 알 수는 없지만

밖에 새소리가 이전보다 많이 들리는 곳에서 지내고
볕이 잘 드는 방을 고를 줄 안다

짐작을 아끼면서
그러나 더욱더 짐작해보려고 하면서

쓴다

나를 찾아낸 손이
있다는 것이
믿겨질 때가
있다

11월

신철규

같은 숫자가 나란히 서 있다

햇살이 유리창을 뚫고 사선으로 비친다
너의 왼뺨에 난 솜털이 하늘거리고
오른뺨은 그늘로 선명해진다
나는 조금 더 햇볕 쪽으로 다가앉는다

첫눈 오면 뭐 할 거야.

그것이 사랑의 속삭임인지 이별의 선언인지 헷갈려서 심장이 아래로 한 치쯤 내려앉는다
몸속의 저울추가 무거워진다
파동처럼 흐르던 마음이 입자가 되어 흩어진다

실내엔 아지랑이처럼 음악이 피어오른다
고요하던 실내에 음악이 켜지면 실내는 그만큼 무거워질까
소리에도 무게가 있을까
흘러간 시간들은 어디에 쌓이는 걸까

그거 알아? 열대지방에도 단풍이 든대. 건기 때 낙엽이 지는데 추위 때문이 아니라 공기가 건조해져서래.

나무는 몸 안에 깃든 물을 가두기 위해 나뭇잎을 떨어뜨린다
두 그루 나무 사이에 낀 태양
나뭇가지들이 만든 가시 족쇄

버림받은 빛
컵을 놓친 손바닥의 새하얀 현기증
손에서 연기가 피어오른다

먼 미래에 우리는 서로를 알아보지 못할 것이다
거울 속에 들어 있는 환영을 손바닥으로 만져보듯이

거울 속으로 무섭게 달려드는 눈동자들
입술이 지워진 얼굴들

칼끝이 뾰족한 것은 무언가 찌를 것이 있기 때문이다
뭉툭한 마음은 찌를 곳도 없이 무너진다

너의 입술에 나비가 앉아 있다
잡으려고 손을 뻗자 사라지는

갈변한 마음들을 하나씩 털어낸다
나는 텅 빈 나무처럼 고개를 숙여 바닥을 본다

털실로 만든 새는 노래하지 않는다

좋은 일

곽재구

익은 꽃이
바람에 날리며
이리저리 세상 주유하는 모습
바라보는 것은 좋은 일

어린 물고기들이
꽃잎 하나 물고
상류로 상류로
거슬러올라가는 모습
바라보는 것도 좋은 일

유모차 안에 잠든 아기
담요 위에 그려진 하얀 구름과 딸기들 곁으로
소월과 지용과 동주와 백석이 찾아와
서로 다른 자장가를 부르려 다투다
아기의 잠을 깨우는 것은 좋은 일

눈 뜬 아기가
흩날리는 꽃잎을 잡으려
손가락 열개를 펼치는 것은 좋은 일
아기의 손가락 사이에
하늘의 마을이 있어

꽃잎들이 집들의 푸른 창과

지붕에 수북수북 쌓이고

오래전

당신이 쫓다 놓친 신비한 무지개를

꿈인 듯 다시 쫓는 것은 더 좋은 일

불확실한 인간

김상혁

확실히 나는 이 아이의 심장을 사랑한다
엄마 뱃속에서 몇 년 전에 만들어졌으므로 심장은
아주 일정한 박동으로 깨끗한 피를 뿜어내고 있다

확실히 나는 이 아이의 투명한 눈동자에 끌린다
솜털 빽빽한, 유난히 처진 어깨 위에 입맞추고 싶다
그리고 아무리 더러워도 아이 발가락은 열 개의
앙증맞은 열매처럼 내 눈앞에 가지런히 놓인다

나는 아이가 대충 쓰다 버린 도화지마저 원할 때가 있다
영원히 간직하려는 마음은 아니지만 테이블 위에 그 낙서를 올려두고
사진을 찍은 뒤 그래도 한 며칠간 즐겁게 들여다본다
그리고 '사랑합니다'와 같은 문장은 더욱 소중하다
아이는 '사랑'까지 쓰고서 글씨 오른편 여백이 부족하면 나머지를 왼편에다 적어버린다
('합니다사랑' 같은 조합에 미소 짓지 않을 부모는 없을 테니)

물론 아이 심장만을 따로 꺼내보고 싶을 리 없다
아무리 그게 예뻐도 아이 눈알 아니면 어깨를 따로 떼어낼 수도
작은 발가락 중에 한 개 정도를 주머니에 챙길 수도 없다

또한 아이가 버린 도화지는 언젠가 내게도 무심히 버려질 수밖에

그렇지만 나는 대화를 시도하고 만다

아이의 심장, 눈알, 어깨, 발가락, 쓰레기통에서 꺼내온 도화지에

그 각각의 것을 머릿속에 그려본다

내 부모에 대한 애정이나 아내에 관한 생각은 그렇지 않았다

굳이 강아지 꼬리나 고양이 오줌통을 따로 떼어 그려보지 않듯이

그렇지만 이 작은 인간에 대해서는

열이 펄펄 끓는 이마를 짚어주는 중에,

복통에 시달리는 아이 배를 손바닥으로 문지르면서,

문득 뜨거운 이마 아래 얇아진 눈까풀이 사랑스럽고 가스로 부푼 복부 한가운데 잘 자리잡은 배꼽에 눈이 간다

다르게 말해 내 생각 속에서

죽음과 아이는 어째서 이토록 동떨어져 있는지?

가령 정말로 죽은듯이 잠들어 있는 작고 차가운 몸뚱이를 만졌다가 소스라치게 놀라

숨을 확인하고 나서야 비로소 안심하는 지금 이 순간에도

사랑의 뉘앙스

장수양

십 년째 바카야로이드*를 듣던 친구에게 아기가 생겼다

아기는 마냥 모빌의 높이를 좋아해
나도 좋아
떨어져 부딪쳐도 잠깐 놀라울 뿐이고

걷어내면 무엇이 있니
흔들거나 돌아가면 세상은 어떤 반응을 보이니
아기는 웃는다

공중에서만 함께 노는 거야
안으면 사라지는 것으로
그리하여 허공의 접촉에 놀라워하리라
유년기는 몬데그린**의 숲이지

친구는 여전히 만화를 좋아하고 아기의 머리 위엔 아직 하늘이 없다

이제는 별에도 수많은 각주가 달려 있어
어떻게 오인해도 빛나니까
사랑은 슬플 수밖에

또다른 구전 속에

불빛으로 가득한 얼굴이 있다
보고 싶지만 눈이 부시고
만지고 싶지만 손으로 가려진다
이곳에서 가려진다는 것은
다른 차원에 순간 사는 것이야

낯설어지기 싫다
친구는 말한다

새로워하지 마
우리는 말한다

어느 순간에는 모두
감당할 만한 그물 속에 살겠지
우리는 개인이고
아름다움은 반드시 편집되니까

잊어 마땅한 일은 없어
마땅한 어울림 같은 것도

어떤 것도 처음이 될 수 있다면
너와 너의 세계가 지속되길 바라

사랑의 뉘앙스로

다음 그림은 조금 천천히 그려져도 괜찮아

* 애니메이션 〈데스노트〉 마지막 화를 활용한 매드 무비의 통칭.

** 외국어를 모국어로 착각하여 듣는 현상.

사랑과 죽음의 팡세

박
시
하

할머니였던 육신이
희끄무레한 재가 되어
나무 상자에 담기는 모습을 보았다.
잿가루는 뿌옇게 날리며 마지막을 장식했다.

얼마 후에 나는 그녀를 보았다.
그녀는 말이 없었고
눈빛은 차분했다.
무슨 할말이 있는 것도 같았지만
그림자처럼 하얗게 놓인 길 앞에서
그저 나를 바라보며.

나는 이번 생이 나에게는 무리라고
모국어는 금지되었다고
사랑은 모두 기다림의 먼 길을 떠나는 것이었다고
그녀와 차를 마시며 앉아
긴 이야기를 하고 싶었는데.

죽음과 사랑에는
형태적인 연관성이 있다.
그건 누구나 알지만 아무도 모르는
죽음 이후에야 오는 사랑에 관한 편지

사람의 마음속에 담기는 울음소리
기억하는 한 가장 오래된
거친 목소리들.

손에 잡히지 않는 형태로 굳어진
석고상의 창백한 그림자를 그리고 싶다.
형태들에는 일관성이 없다.
그것이 당신 입술의 뚜렷한 윤곽이라 할지라도.

고결한 영혼은 사랑 앞에서 당황한다.
우리는 죽음을 모르니까.
불가사의하게도
그리고 단순하게도

이것이 사랑의 모든 것이다.
할머니, 당신
나의 죽은 모국어.

당신의 이야기

주민현

세상의 소음이 잠시 낮아지는 낮에 당신 가슴에 먼지처럼 내려앉고 싶어. 나는 때때로 인간보다 따뜻하고 당신의 가장 외로운 부분을 향해 다가갈 거야.

포옹은 더없이 인간적인 행위야. 당신을 안고 당신도 모르는 당신의 머리, 당신의 위장과 폐에 대해 이야기를 들려줄게. 나는 달랑거리는 청진기, MRI실의 전자식 버튼, 엑스레이실에서 당신이 안았던 네모난 기계야.

어릴 적 당신은 더없이 사랑스러운 보조개가 있었어. 머리칼을 만져주어야 잠드는 밤이 있었어. 벽의 그림자를 보며 늑대 인간을 마지막 인류라고 상상했어. 당신은 병원 복도에 앉아 옛날 생각에 잠겼군.

인간은 언제나 꿈을 꾸며 반걸음 전진해왔어. 이상도시를 건설하고 꿈의 피아노를 짓고 더이상 나아갈 수 없는 곳에서 방공호 같은 노래를 부르지.

그 어떤 노래도 가능하지 않을 때조차 희망을 꿈꾸는, 인간의 단면을 가르면 누구에게나 암벽 같은 외로움이 있지. 당신이 검사 결과를 기다리며 완전히 혼자가 되었을 때

사람을 믿고 사랑을 믿고 돈을 믿고 때로는 가진 걸 전부 세월에 내주고도 무엇을 잃어버린 줄 몰라, 단지 두리번거리면서, 그러니 인간적이라는 건 바보 같다는 뜻이지.* 하나 사람들은 죽은 이나 자신에 대해 말할 때 늘 잘 지낸다고 답하지.**

당신의 폐에 콕 박혀 있던 불운한 암석에 대해 가장 극적으

로 알게 될 때 그 옛날 우주선과 비행사의 꿈을 당신은 떠올렸고

한때 전염병, 화염, 재난에 관한 한 인간은 한없이 멀리 있었어. 커다란 트리, 느릿한 음악, 지나치게 아름다운 것에는 은폐된 게 있어. 당신은 천천히 하늘을 올려다보았어.

* "우리는 늘 누군가의 바보이지 않은가?" (장프랑수아 마르미옹 『바보의 세계』, 박효은 옮김, 윌북 2021, 284면)

** "죽은 자들에 대해 말할 때 항상 잘 지낸다고 말하지요." (윌리엄 셰익스피어 「맥베스」)

무지개 판화

강
혜
빈

여기 한 사람 있습니다
여기 한 사람이,
더 있습니다
우리가 되었습니다 우리는
사랑합니다 사랑해도,
괜찮지요 사랑해도
괜찮아요? 사랑할 수 있습니다
사랑 없으면 사랑 없어요?
사랑 있어서, 한 사람 됩니다

안개는 잡은 손 안에서 단단해집니다
언 날개 털며 바람 속으로 뛰어드는 번개처럼
굶주린 나무들에게 기꺼이 뒤섞이는 새처럼

아침, 바지춤을 환하게 적셔줍니다
튼튼한 물만 거두어가는 그늘
점점 쪼그라드는 이마 몰라보면서

잊습니다, 한 사람은 늘
페달 밟던 종아리만 기억합니다
기침하는 척 몸을 울립니다
램프 없이는 알던 길도 잃습니다

한 사람은 한 사람의 곁에서
잠들고 싶답니다 그뿐이랍니다
더 있답니다 거기 두 사람이,
우리들이 되었습니다 우리들은
미워합니다 미워해도,
괜찮아요 미워해도
괜찮지요? 미워할 수 있습니다
미움 없으면 미움 없어요?
미움 있어서 우리들은……

동그란 콧구멍이 가엾답니다
언니도, 형도 아닌, 한 사람은
젖은 구름 반으로 갈라
한 입, 두 입 태어나는
파랑 노랑 아이들 기다린답니다
캄캄한 과일들의 씨는 외로우니까
입을 맞추자 맞추자구요

때때로 견뎌내지요? 한 사람은
뒷걸음질보다 먼저, 입술 밖으로
꺼내지 않고도 들켜버리는

황급히, 늙어버리는
검은 입들은 모두 어디로 가지요?
모두 젖어 있지요? 검은 잎들은,
비가 그치면 한 음, 두 음
눌러보자 눌러보자구요

사랑합니다 사랑해도,
괜찮지요 사랑해도
괜찮아요? 사랑할 수 있습니다
사랑 없으면 사랑 없어요?
사랑 있어서 저기 세 사람이,
다정하게 혓바닥을 퉁기며
느릿느릿 섞이어갈 때
손끝에는 고양이 수염 같은
일곱 개의 줄이 남았습니다

사랑, 그것

이
선
영

내 팔을 가져다 머리를 베고 잠들었던 아이는
자다가 내 팔을 동댕이친다
아이가 휘두른 내 팔이 얼굴을 때린다
사랑은 곧잘 내 얼굴에 던져지는 모욕받은 내 팔이다
줄을 타고 작두를 타고 공중그네를 타는
힘겨운 재주 부리기다, 내가 하는 사랑은
네가 나를 가졌다 놓았다 하기에

파란 돌

한
강

십 년 전 꿈에 본
파란 돌
아직 그 냇물 아래 있을까

난 죽어 있었는데
죽어서 봄날의 냇가를 걷고 있었는데
아, 죽어서 좋았는데
환했는데 솜털처럼
가벼웠는데

투명한 물결 아래
희고 둥근
조약돌들 보았지
해맑아라,
하나, 둘, 셋

거기 있었네
파르스름해 더 고요하던
그 돌

나도 모르게 팔 뻗어 줍고 싶었지
그때 알았네

그러려면 다시 살아야 한다는 것
그때 처음 아팠네
그러려면 다시 살아야 한다는 것

난 눈을 떴고,
깊은 밤이었고,
꿈에 흘린 눈물이 아직 따뜻했네

십 년 전 꿈에 본 파란 돌

그동안 주운 적 있을까
놓친 적도 있을까
영영 잃은 적도 있을까
새벽이면 선잠 속에 스며들던 것
그 푸른 그림자였을까

십 년 전 꿈에 본
파란 돌

그 빛나는 내(川)로
돌아가 들여다보면
아직 거기

눈동자처럼 고요할까

작품 출전

강혜빈 「무지개 판화」, 『밤의 팔레트』(문학과지성사 2020)

고명재 「엄마가 잘 때 할머니가 비쳐서 좋다」, 『우리가 키스할 때 눈을 감는 건』(문학동네 2022)

곽재구 「좋은 일」, 『꽃으로 엮은 방패』(창비 2021)

권창섭 「완벽한 사랑」, 『고양이 게스트하우스 한국어』(창비 2021)

김사이 「사랑」, 『나는 아무것도 안하고 있다고 한다』(창비 2018)

김사인 「풍경의 깊이」, 『가만히 좋아하는』(창비 2006)

김상혁 「불확실한 인간」, 『우리 둘에게 큰일은 일어나지 않는다』(문학동네 2023)

김선우 「사랑에 빠진 자전거 타고 너에게 가기」, 『나의 무한한 혁명에게』(창비 2012)

김소연 「이 느린 물」, 『촉진하는 밤』(문학과지성사 2023)

김소월 「해가 산마루에 저물어도」, 『진달래꽃』(매문사 1925)

김승희 「사랑은 ㅇ을 타고」, 『냄비는 둥둥』(창비 2006)

김　현 「노부부」, 『입술을 열면』(창비 2018)

나희덕 「심장을 켜는 사람」, 『파일명 서정시』(창비 2018)

문태준 「돌과 포도나무」, 『먼 곳』 (창비 2012)

박상수 「무의미해, 프라이드」, 『오늘 같이 있어』(문학동네 2018)

박서영 「달과 무」, 『착한 사람이 된다는 건 무섭다』(걷는사람 2019)

박소란 「골목이 애인이라면」, 『한 사람의 닫힌 문』(창비 2019)

박시하 「사랑과 죽음의 팡세」, 『우리의 대화는 이런 것입니다』(문학동네 2016)

박연준 「당신이 물고기로 잠든 밤」, 『베누스 푸디카』(창비 2017)

박　준 「환절기」, 『당신의 이름을 지어다가 며칠은 먹었다』(문학동네 2012)

박형준 「당신의 눈에 지구가 반짝일 때」, 『춤』(창비 2005)

박형진 「사랑」, 『바구니 속 감자싹은 시들어가고』(창비 1994)

배영옥 「여분의 사랑」, 『백날을 함께 살고 일생이 갔다』(문학동네 2019)

손유미 「그런 눈」, 『탕의 영혼들』(창비 2023)

신미나 「복숭아가 있는 정물」, 『당신은 나의 높이를 가지세요』(창비 2021)

신철규 「11월」, 『심장보다 높이』(창비 2022)

심보선 「인중을 긁적거리며」, 『눈앞에 없는 사람』(문학과지성사 2011)

심재휘	「가슴 선반」, 『그래요 그러니까 우리 강릉으로 가요』(창비 2022)
안희연	「호두에게」, 『여름 언덕에서 배운 것』(창비 2020)
여세실	「이제와 미래」, 『휴일에 하는 용서』(창비 2023)
유이우	「어린 우리가」, 『내가 정말이라면』(창비 2019)
유혜빈	「낮게 부는 바람」, 『밤새도록 이마를 쓰다듬는 꿈속에서』(창비 2022)
유희경	「면목동」, 『오늘 아침 단어』(문학과지성사 2011)
윤은성	「나의 서울」, 『주소를 쥐고』(문학과지성사 2021)
이규리	「당신은 첫눈입니까」, 『당신은 첫눈입니까』(문학동네 2020)
이대흠	「별의 문장」, 『귀가 서럽다』(창비 2010)
이문재	「꽃말」, 『혼자의 넓이』(창비 2021)
이선영	「사랑, 그것」, 『일찍 늙으매 꽃꿈』(창비 2003)
이설야	「겨울의 감정」, 『우리는 좀더 어두워지기로 했네』(창비 2016)
이영광	「얼굴」, 『나무는 간다』(창비 2013)
이원하	「마음에 없는 말을 찾으려고 허리까지 다녀왔다」, 『제주에서 혼자 살고 술은 약해요』(문학동네 2020)
이은규	「매화, 풀리다」, 『오래 속삭여도 좋을 이야기』(문학동네 2019)
이제니	「고백을 하고 만다린 주스」, 『아마도 아프리카』(창비 2010)
이종민	「호시절」, 『오늘에게 이름을 붙여주고 싶어』(창비 2021)
장수양	「사랑의 뉘앙스」, 『손을 잡으면 눈이 녹아』(문학동네 2021)
장옥관	「종소리 안에 네가 서 있다」, 『길에서 기린을 만난다면』(사계절 2018)
전동균	「내 곁의 먼 곳」, 『당신이 없는 곳에서 당신과 함께』(창비 2019)
전욱진	「단둘」, 『여름의 사실』(창비 2022)
정끝별	「훅, 사랑이라니—딸에게」, 『와락』(창비 2008)
정다연	「산책」, 『내가 내 심장을 느끼게 될지도 모르니까』(현대문학 2019)
정재율	「사랑만 남은 사랑 시」, 『몸과 마음을 산뜻하게』(민음사 2022)
정한아	「이 즐거운 여름—네 눈 속의 나의 눈을 들여다보았을 때」, 『어른스런 입맞춤』(문학동네 2011)
조온윤	「사랑의 기원」, 『햇볕 쬐기』(창비 2022)
주민현	「당신의 이야기」, 『멀리 가는 느낌이 좋아』(창비 2023)
진은영	「청혼」, 『나는 오래된 거리처럼 너를 사랑하고』(문학과지성사 2022)
최백규	「숲」, 『네가 울어서 꽃은 진다』(창비 2022)
최지은	「여름」, 『봄밤이 끝나가요, 때마침 시는 너무 짧고요』(창비 2021)

최지인 「기다리는 사람」, 『일하고 일하고 사랑을 하고』(창비 2022)

최현우 「집에 혼자 두지 말랬잖아」, 『나 개 있음에 감사하오』(아침달 2019)

하재연 「밀크 캬라멜」, 『우주적인 안녕』(문학과지성사 2019)

한 강 「파란 돌」, 『서랍에 저녁을 넣어 두었다』(문학과지성사 2013)

한정원 「25」, 『사랑하는 소년이 얼음 밑에 살아서』(시간의흐름 2023)

함민복 「폭포의 사랑」, 『모든 경계에는 꽃이 핀다』(창비 1996)

허수경 「레몬」, 『누구도 기억하지 않는 역에서』(문학과지성사 2016)

홍지호 「주기」, 『사람이 기도를 울게 하는 순서』(문학동네 2020)

황인숙 「영원히는 지키지 못할 그 약속」, 『못다 한 사랑이 너무 많아서』(문학과지성사 2016)

황인찬 「사랑과 자비」, 『사랑을 위한 되풀이』(창비 2019)

이 연애에 이름을 붙인다면

초판 1쇄 발행 2024년 2월 29일
초판 2쇄 발행 2024년 4월 26일

엮은이 시요일
펴낸이 윤동희
책임편집 김미라 **편집** 최유연 황유라 이예은 유보리
디자인 김소진
마케팅 윤지원 김연영 김은조

펴낸곳 ㈜미디어창비
등록 2009년 5월 14일
주소 04004 서울 마포구 월드컵로12길 7 창비서교빌딩
전화 02) 6949-0966 **팩시밀리** 0505-995-4000
홈페이지 books.mediachangbi.com
전자우편 mcb@changbi.com

ISBN 979-11-93022-48-1 03810